AF581935

Éléonore

R.J.P Toreille

Éléonore

Roman

ISBN : 979-10-377-0995-0

Chapitre 1
Dans les champs

Tout a commencé dans le grand royaume de France à l'époque du 17e siècle.

Dans les champs de fleurs, une fille aux cheveux blonds comme le soleil et son plus brillant sourire de lune se nomme Éléonore.

Très jolie, elle ne pouvait s'empêcher de se rendre tous les jours dans les champs de fleurs, non loin de chez elle.

Elle marchait doucement dans les champs de pâquerettes avec un sourire.

— Je vais ramasser des fleurs tellement elles sont belles, se dit-elle.

Elle s'agenouilla pour ramasser des pâquerettes et commença à chanter très joyeusement.

Quand soudainement, sa chanson a attiré des oiseaux bleus.

Ses oiseaux arrivent en sifflant et aident la fille à cueillir les pâquerettes.

Poursuivant sa chanson en l'honneur des fleurs, elle a remercié les oiseaux.

— Je vous remercie très sincèrement, remercie-t-elle.

Quand soudainement, une femme vêtue d'une robe bleue stricte et ferme est arrivée dans les champs de fleurs et a crié de joie :

— Éléonore ! Éléonore ! Où es-tu ? demande la femme.

— Je suis la mère ! répondit la jeune fille.

Cette femme était la mère de la fille, elle a couru vers sa fille en souriant et s'est agenouillée devant elle.

Elle lui dit alors :

— J'ai une nouvelle à vous annoncer.

— Est-ce que vous vous mariez avec un homme de votre rang ?

— Comment as-tu deviné ? demande la femme.

Éléonore a expliqué qu'elle le soupçonnait depuis longtemps, qu'elle l'attendait depuis la mort de son pauvre père.

Elles se lèvent lentement et les mains dans les mains, elles marchent ensemble pour rejoindre le manoir où elles habitent depuis de nombreuses années.

La fille a alors demandé à sa mère le nom de son futur beau-père.

— Quel est son prénom ? fait-elle la demande.

— Il s'appelle Charles Francis Mistrane, je suis contente que vous le rencontriez pour la première fois, répondit la femme.

Elles marchèrent très longtemps jusqu'au manoir pendant qu'Éléonore lâchait la main de sa mère et partait ramasser plusieurs marguerites autour d'elle.

Après avoir fini, elle a encore approché sa mère et a dit :

— Regarde ce que je choisis pour lui !

— C'est gentil pour lui, je te remercie très sincèrement, mon enfant.

La fille attrapa de nouveau la main droite de sa mère et marcha de nouveau.

Après quelques minutes de marche, ils arrivent devant le manoir.

Ce manoir a été décoré avec du bronze construit en bois et en brique.

Ils entrent lentement dans le manoir par la porte principale et la mère de la fille lui demande d'attendre :

— Attends ici, je reviens, elle dit.

— Bien maman, je vais rester tranquille, la fille répond.

La mère d'Éléonore s'est ensuite rendue dans le salon principal pour chercher le futur beau-père de la jeune fille.

Pendant ce temps, elle s'assit sur un fauteuil vert dans le petit salon sans dire un mot et attendit avec impatience l'arrivée de sa mère et de l'homme qui devait être son futur beau-père.

Mais avec son bouquet de fleurs dans ses mains, elle se lève doucement et s'approche d'un miroir et se regarde.

— Je suis très belle, se dit-elle.

Puis, après s'être regardée dans le miroir, elle retourna dans le fauteuil et se rassit doucement.

En attendant le retour de sa mère, elle voit les oiseaux par la fenêtre et s'approche de la fenêtre et l'ouvre.

Elle a recommencé à chanter avec leur présence, quand tout à coup un bruit a été entendu à l'extérieur de la porte.

C'était la mère de la fille qui est revenue avec l'homme et a dit :

— Je vous présente Sir Mistrane votre nouveau père.

Éléonore s'approcha et le regarda en souriant, lui tendit le bouquet de fleurs et dit :

— Bienvenue chez nous père, je t'offre mes belles marguerites que j'ai cueillies, dit-elle.

— Je vous remercie beaucoup, j'espère que nous deviendrons de très bons amis, vous serez émerveillés par les champs de fleurs que vous aimeriez tant, répondit Mistrane en prenant le bouquet de fleurs.

Cet homme était vêtu d'une redingote brune, une chemise noire, d'un pantalon gris, avec un haut chapeau noir et ses cheveux accompagné une rouflaquette-moustache brune.

Il n'était pas seulement seul, il était accompagné d'un animal, un chien berger Belge noir appelé Thunder.

Après avoir rencontré Éléonore, il dit :

— Je dois vous laisser, j'ai beaucoup de travail, explique-t-il.

Il quitte le manoir avec un grand sourire forcé.

Une fois, dehors, il a montré son vrai visage, il était un homme cruel et diabolique.

Il jette le bouquet de pâquerettes sur le sol et est monté dans sa voiture avec un air énervé.

— Allé cochet, nous partons !

Et il monta dans sa voiture avec Thunder sans dire un mot et partit avec une haine qui transparaît dans ses yeux verts.

Il avait un objectif précis, mais lequel ?

Dans sa voiture, il réfléchit attentivement.

Chapitre 2
Une grave maladie

Quelques semaines plus tard, le couple s'est marié.

Un soir d'orage, ils ont dîné très chaud autour d'une table.

Éléonore a perdu son sourire, sous l'œil vigilant de sa mère qui lui a demandé :

— Qu'est-ce que tu as ? fait-elle la demande.

— Rien mère, je suis si heureuse d'avoir un nouveau père que j'attendais depuis des années, elle répondit.

— Je suis heureux de te voir ainsi mon enfant, a raconté Sir Mistrane en cachant sa méchanceté.

En plein repas, ils mangèrent avec plaisir les aliments qui étaient préparés.

— C'est bon comme plat, tu as eu une très bonne idée de la langue de bœuf, raconte la mère de la jeune fille.

— Je t'en remercie beaucoup, répondit-elle.

Quand tout à coup, la mère de la fille sentit en elle un étrange affaiblissement.

Alors elle décida de rejoindre sa chambre avec une profonde respiration.

Éléonore a estimé qu'elle n'allait pas très bien et a demandé :

— Mère qu'est-ce que tu as ?

— Rien ma fille, je vais m'allonger un peu, ça me fera du bien, la femme répond.

Sous les yeux de sa fille et de son mari, elle a quitté la pièce et s'est promenée dans les couloirs avec un sujet de préoccupation.

Elle arriva dans sa chambre et se coucha lentement et regarda par la fenêtre l'orage grondé.

Quelques secondes plus tard, dans sa chambre, sa fille Éléonore et son mari, Sir Mistrane, se sont joints à elle.

Dans ce souffle, elle décide de tout raconter à sa fille.

— Mon enfant, je ne voulais pas vous inquiéter, mais je suis très malade, je vais bientôt mourir, je vous confie à Sir Charles Francis Mistrane, il vous aimera comme ce fut votre pauvre père.

— Tu ne vas pas m'abandonner ! répondit la fille.

Main dans la main, la mère d'Éléonore finit par s'endormir, poussant son dernier soupir.

Éléonore a regardé sa mère pleurer sur son lit quand soudainement Mistrane a montré son vrai visage et s'est approché de la fille en lui pinçant l'oreille.

Il a sorti Éléonore d'une force.

Ils ont été suivis par le chien noir Thunder.

Une fois sortie de la chambre de la mère de la fille, elle dit avec peur :

— Mais laisse-moi partir, que fais-tu ! elle a pleuré énormément.

Sir Mistrane laissa tomber son oreille et attrapa les cheveux et atteignit la chambre de la jeune fille.

Il la jeta sur son lit et s'approcha du placard et des tiroirs pour enlever toutes ses affaires personnelles.

Éléonore se leva en criant :

— Mais arrête s'il te plaît ! cria-t-elle en se jetant sur lui.

Sir Mistrane devient vite méchant et violent envers elle, et la gifle d'un grand coup au visage, que Éléonore tomba au sol.

Elle ne l'imaginait pas comme ça, que son beau-père devienne aussi méchant et cruel.

Sir Mistrane a de nouveau giflé la fille d'un violent coup au visage.

Après avoir saisi les biens de la jeune fille, il quitta la pièce en criant :

— À partir de maintenant, c'est moi et moi seul qui commande ! C'est compris !

Et il claqua la porte et verrouilla la serrure puis partit rejoindre son animal de compagnie, Thunder, qui riait cruellement et diaboliquement.

La fille tomba rapidement en larmes de tristesse et s'approcha d'une fenêtre en pensant à sa pauvre mère qui est partie pour toujours.

La tempête s'est arrêtée et Éléonore a ouvert sa fenêtre, pleurant toujours de tristesse face à la perte de sa mère et au visage cruel de son méchant beau-père, Sir Mistrane.

Après avoir fini de pleurer, elle s'approcha de son miroir avec ses yeux rouges.

— Maman, pleure-t-elle.

Elle se dirigea vers son lit et se coucha avec les yeux toujours très rouges, avec des gouttes de larmes.

Elle a pensé à trouver une solution pour essayer d'échapper à Mistrane et à sa tyrannie diabolique, et imagine le futur qu'elle vivra avec lui.

Chapitre 3
La fuite d'Éléonore

Quelques semaines ont passé et Éléonore fête ses vingt et un ans.

Elle était très faible.

Elle était habillée en guenilles et restait toujours triste de se faire maltraiter par Sir Mistrane son méchant beau-père.

La jeune fille pensa donc à une idée qui lui vint à l'esprit, c'était de fuir sa tyrannie diabolique.

Quand soudainement, son méchant beau-père s'approcha de la porte de sa chambre et ouvrit doucement la serrure.

Il ouvrit la porte et s'approcha d'elle, et se mit à la gifler de nouveau, et s'exclama ainsi par malice :

— Si tu désobéis, tu subiras une punition encore plus sévère que celle-ci ! a hurlé diaboliquement Sir Mistrane.

— Mais je n'ai rien fait du tout ! Éléonore a répondu.

— Je me fous de ce que vous pensez, tu es sous ma responsabilité ! son beau-père s'est fâché avec son chien noir Thunder.

Sir Mistrane s'est reculé et a verrouillé la porte et est retourné dans le salon principal du manoir avec son animal de compagnie.

La fille a commencé à pleurer et a décidé de s'enfuir.

Elle s'approcha des fenêtres de sa chambre et les ouvrit doucement sans faire de bruit et se dit :

— Je vais sortir par la fenêtre. Je suis sûr, qui ne me verra pas, se dit-elle.

Sans y penser, elle s'approcha de son lit et attrapa ses draps et passa du temps devant elle à créer une corde solide.

— Il doit être bon maintenant, je dois essayer maintenant, raconte-t-elle.

Elle attacha rapidement l'extrémité du drap au pied de son lit, puis s'approcha rapidement de la fenêtre et la jeta rapidement.

Sans faire de bruit explosif et est descendu la corde très lentement.

Mais tout à coup, elle passa sous une fenêtre et vit son terrible beau-père, Sir Mistrane.

Il était assis de dos sur une chaise en bois avec son chien noir à côté de lui.

Il pensait très sérieusement à quelque chose, mais quoi ?

Alors, le beau-père, méchant, se leva et alla dans sa chambre sous le regard discret d'Éléonore.

Sans dire un mot, elle descendit très doucement pour ne pas éveiller les soupçons.

— Je n'irai pas trop vite, il pouvait me voir, se dit-elle.

Elle a continué à descendre très lentement jusqu'au sol où elle tient les draps comme une corde.

Elle réussit à atteindre le sol verdoyant du jardin du manoir.

— Je dois partir !

Ensuite, la jeune fille voit les forêts et court à l'intérieur des bois.

Le soleil commence à se cacher dans les nuages et Éléonore, malgré ses guenilles, courra dans la forêt pour échapper à Sir Mistrane, son méchant beau-père.

Elle rejoignit le centre de la forêt et la peur commença à la submerger.

— J'ai peur ! dit-elle en pleurant terriblement.

Alors elle s'allongea rapidement sur le sol, car, selon elle, elle n'était plus sortie du bois, elle était perdue, et elle pleurait.

Quand soudain le soleil revint et que des oiseaux blancs s'approchèrent d'elle.

Et les étoiles sont concentrées autour de la fille.

Elle se leva lentement et regarda les étoiles briller autour d'elle lorsqu'une femme aux cheveux blonds et vêtue de bleu apparut devant elle et lui dit :

— Arrête de pleurer, ça ne sert à rien mon enfant, je vais t'aider, dit la femme.

— Mais qui es-tu ? demanda Éléonore.

— Je suis une bonne fée, je te rassure, elle répond en sortant sa baguette bleue.

Les oiseaux, qui étaient présents, regardèrent attentivement la fée du bien et volèrent autour des deux femmes.

La fée a alors demandé le problème qu'Éléonore avait rencontré.

— Pourquoi pleures-tu ?

— J'essaie d'échapper à mon beau-père qui me maltraite depuis des mois, répondit la fille en séchant ses larmes de tristesse.

— Alors vous êtes ici pour échapper à Mistrane ?

Éléonore n'a pas compris comment s'appelle son beau-père et lui a demandé comment elle le sait.

— Comment connaissez-vous le nom de mon beau-père ? demande-t-elle.

Je le sais, c'est tout, ce que nous fées, nous savons tout, comme un ange gardien, répondit tendrement la fée du bien.

Sans perdre de temps, la bonne fée du bien a proposé à Éléonore et aux oiseaux de venir prendre une tasse dans sa maisonnette où elle vit actuellement depuis des centaines d'années.

Chapitre 4
La fée du bien

Après avoir rencontré la bonne fée, avec sa baguette bleue, elle a marché avec la femme en discutant calmement.

— Comment connaissez-vous toute mon histoire ? demande Éléonore un peu incrédule.

— Je t'ai dit que je suis une fée comme un ange gardien, je sais tout, répond la fée du bien.

Elle marchait lentement avec la présence d'oiseaux qui volaient longtemps au-dessus d'eux.

— Mais vous pourriez m'aider à m'échapper de Sir Mistrane, s'émerveille Éléonore.

— Bien sûr que je veille sur toi depuis la mort de ta mère.

La fille ne pensa pas à cela et pensa avoir perdu tout espoir, qu'elle avait décidé de remercier la fée pour de bon.

— Je suis content que tu sois à mes côtés, elle dit.

— C’est mon travail de veillée sur toi, répond la douce fée.

Après quelques minutes de marche, ils arrivent dans la maison des bonnes fées.

Cette maison était dans un tronc d’arbre et Éléonore, ne comprend pas.

— Viens, tu ne crains rien, mon enfant, explique la douce fée.

Elles y entrent dans le tronc, pendant que les oiseaux restent à l’extérieur, et une fois dans le décor pour attirer le regard de la fille.

Tout était en bleu et en cristal qu’elle a demandé :

— Pourquoi est-ce bleu ?

— Simplement, mon enfant, le bleu est le symbole du bien.

La fée suggéra alors à Éléonore de s’asseoir et elle s’assit doucement sur une chaise en cristal, pendant que la fée utilise la magie pour préparer une boisson.

— Comment vais-je lui échapper ? demande la jeune fille.

— Déjà, il veut l’héritage de votre mère, et se débarrasser de toi pour l’obtenir, le château pourrait vous aider et vous protéger de votre beau-père. Explique la fée du bien en lui apportant une boisson chaude.

Elle comprend alors pourquoi il était si méchant, et regarde la fée dans les yeux.

Elle posa la tasse, et se leva de son siège et dit qu'elle devait partir, mais demande où est le château.

— Où est le château ? elle a demandé.

— Plus à l'ouest de la forêt.

En dépit d'être en haillons, la fée décida de changer sa tenue en disant :

— Je vais te changer tout de suite, tu ne vas pas aller en loques comme ça, raconte-t-elle.

La fée avec sa baguette bleue prononça un sortilège et le sort se retourna autour d'Éléonore et lui donna une belle robe blanche.

— C'est magnifique, je n'ai jamais vu une robe aussi belle.

— Il n'est pas choisi par hasard, car il est fait avec tes cheveux blonds et tes yeux bleus mon enfant, dit la fée du bien.

— Merci beaucoup, je dois partir.

La fée embrassa la fille et Éléonore quitta la maisonnette.

Mais en sortant, les oiseaux blancs, qui attendaient son retour, avaient entendu la conversation.

Les oiseaux volent rapidement vers Éléonore dans sa belle robe blanche brillante et la guident à l'ouest de la forêt.

— Voulez-vous m'aider ? Merci beaucoup, remercie-t-elle en regardant très gentiment les oiseaux blancs.

Elle suivit ensuite les oiseaux et regarda ailleurs la maison de la fée du bien qui avait disparu à la fois.

Sans poser de questions, elle continua son chemin.

— Merci, ma fée, dit-elle en regardant vers le ciel avec un beau soleil.

Les heures passèrent et Éléonore atteignit le bout de la forêt et se retrouva face à un grand mur.

— Je vais monter comment ?

Elle regarda à droite puis à gauche et décida de grimper à un arbre.

Elle y monta et passa devant le grand mur et se retrouva dans un gigantesque jardin de fleurs avec une belle fontaine blanche.

Elle s'est approchée très délicatement et s'est allongée dans les fleurs.

Sous les oiseaux, elle finit par s'endormir rapidement.

La nuit tomba sur le jardin, un homme d'une cinquantaine d'années arriva avec une tenue pourpre et découvrit la jeune fille endormie dans les fleurs.

Il s'approcha d'elle et la porta doucement.

La trouvant belle, il dit :

— Le prince sera heureux cette fois, lui dit-il.

Il a marché dans les jardins avec Éléonore dans ses bras.

Il est retourné à un bâtiment gigantesque qui était le grand palais royal.

Sans parler une seule fois, les oiseaux se réveillent et les suivent.

Dans le palais au milieu de la nuit, les monarques vêtus de tenues royales étaient assis sur leur trône et leur fils se retournait dans toutes les directions.

— Benjamin, as-tu fini de tourner ? s'exclame en demandant la reine.

— Maman, je veux trouver l'amour, mais je n'y arrive pas ! répondit le prince Benjamin.

Le roi se leva de son trône et s'approcha de lui et lui expliqua avec gentillesse :

— Vous le trouvez, croyez-moi, vous allez bientôt retrouver mon enfant.

Le prince décida de s'asseoir à ses côtés sans penser à rien.

Quand tout à coup, l'homme qui avait trouvé la fille vint avec elle dans ses bras et dit :

— Majesté j'ai trouvé cette fille dans les jardins que dois-je faire ? il demande.

Le prince leva la tête et tomba amoureux de la jeune fille. Il demanda à l'emmener dans sa chambre.

Sa beauté et sa stature étaient magnifiques selon le jeune prince.

— Marin, emmène-la dans ma chambre, s'il te plaît, décret le prince Benjamin.

L'homme qui portait la fille était le serviteur du royaume.

Les monarques se lèvent de leur trône et suivent le valet du royaume jusqu'à la chambre du prince.

Dans ce silence, le prince Benjamin sourit dans son bonheur sous les yeux de ses parents.

Chapitre 5
Le plan de Mistrane

C'est dans cette nuit qu'ils arrivent dans la chambre du prince Benjamin.

Marin, le serviteur du royaume mit doucement la fille sur le lit et le prince demanda aux autres :

— Pouvez-vous nous laisser seuls ?

— Bien sûr, répondent le roi et la reine.

Ils quittent la salle et décident de rejoindre la grande salle du trône du palais.

Mais le prince s'est approché d'Éléonore et n'ose pas lui montrer son amour pour elle.

Il s'assit sur un fauteuil à côté d'elle et finit par s'endormir.

Dans les couloirs du château, le roi et la reine se demandent d'où vient cette inconnue.

— Tu sais comment elle s'appelle ? demande le roi à sa femme.

— Non, je ne sais pas du tout, répond la reine du royaume.

Et ils sont retournés dans la grande salle et ont commencé à réfléchir sérieusement.

Pendant ce temps, dans le manoir, Sir Mistrane était assis sur un fauteuil face à une cheminée, et à côté de lui, son gros chien noir, Thunder.

— Quel dommage que cette vermine ne soit pas là, elle aurait dû profiter de cette soirée ! Eh bien, allons dans sa chambre pour lui remonter le moral, Mistrane explique à son chien.

Il se leva de son fauteuil et attrapa du pain dur et monta les escaliers.

Arrivé à la porte de la chambre d'Éléonore, il n'entend aucun son.

Puis il attrapa rapidement la clé et déverrouilla la serrure.

Il ouvrit la porte et vit qu'elle était hors du manoir et cria :

— La misérable ! Où est-elle ! hurla Mistrane, le méchant beau-père.

Il voit la fenêtre ouverte et s'approche et découvre comment elle a fait.

— Je vais devoir tuer cette vermine pour avoir cet héritage !

Il attrapa les draps qui lui avaient servi de corde et la força à renifler à Thunder.

— Retrouve là ! Et je m'en occuperai personnellement ! explique Mistrane à Thunder.

Quelques secondes plus tard, l'animal repère sa trace.

Ils sortent du manoir, et Thunder courra ensuite suivi de son maître et découvrira qu'elle se réfugie dans les forêts.

— Elle doit être dans la forêt.

Ils continuèrent leur chemin vers Éléonore et quelques minutes plus tard, ils arrivèrent devant un grand mur de brique.

Mais rien n'arrête Sir Mistrane, avec la force qu'il possède, il grimpe au mur et voit un jardin et au fond un grand château, il comprend alors que sa belle-fille est actuellement au château.

— Je vais préparer un plan contre elle !

Et ils rentrent au manoir pour préparer ce fameux plan, qu'il réfléchit en même temps.

Arrivé dans le manoir, Sir Mistrane s'assit sur sa chaise et réfléchit sérieusement.

Mais une idée lui vient à l'esprit, il s'est approché d'un placard et a saisi un flacon avec l'écriture « poison à oreille ».

— Je vais aller au château et empoisonner ma belle-fille, elle ne mérite que ça, et j'aurai cet héritage ! raconte Mistrane avec un rire barbare.

Mais il remarqua que la victime pouvait être sauvée d'un baiser de l'amour véritable.

— Je n'ai rien a craindre, ils vont la croire morte.

Mais quelque chose lui vint à l'esprit c'était de détourner l'intention du château.

— Il faut que je trouve un moyen de les faire sortir tous du château, mais comment ?

Mistrane regarda par la fenêtre et vit des montagnes, et une idée lui vient de nouveau à l'esprit.

Mistrane décide alors d'envoyer un message pour les tromper.

Il s'est assis sur une chaise face à un bureau et a pris une plume et a écrit un message affirmant un drame dans les montagnes.

Après l'avoir terminé, il l'enveloppa dans un rouleau et l'attacha avec un ruban rouge.

— Alors, Thunder apporte ceci au château où Éléonore est, décrète le beau-père d'Éléonore.

Le gros chien noir prend le rouleau et part l'envoyer au château.

Le soleil se leva à l'horizon et le matin, le jeune prince, assis sur un fauteuil, se réveilla lentement et vit la jeune fille encore endormie.

Il se leva et s'approcha d'elle quand, tout à coup, elle se mit à remuer tendrement et leva les yeux pour regarder le prince.

— Mais qui es-tu ? fait la demande.

— Mais je suis le prince de ce royaume, répond le jeune homme.

Le prince ne lui dit pas son amour, mais Éléonore tomba aussi sur son charme sans le lui dire.

Elle se leva du lit et décida avec le prince de rencontrer le roi et la reine.

Alors ensemble, ils quittent la salle pour rejoindre la grande salle du trône.

Mais devant le château, Thunder, le chien de Sir Mistrane arrivait, il mit gentiment le message devant les soldats.

Les hommes saisissent le message et le transmettent immédiatement au roi et à la reine.

— Apportons-le au roi, s'exprime un soldat.

Ensuite, Thunder alla rejoindre son maître au manoir, après une longue et longue promenade, il le trouva dans le grand salon.

— Très bien, je partirai aussi, dit Sir Mistrane.

Avec son chapeau, il quitta le manoir pour rejoindre le château et tuer la jeune fille.

Arrivés dans la salle du trône, les hommes du château remettent le rouleau au monarque.

Il l'a saisi et l'a ouvert et a découvert le désastre dans les montagnes.

— Préparez les soldats ! décrète le souverain.

— Bien majesté !

Et il est parti préparer les soldats pour la mission.

À un moment donné, le prince Benjamin est arrivé avec la fille.

— Tu es enfin réveillé, je suis heureux, saute de joie la reine.

— Quel est ton nom ? demande le roi avec le message entre ses mains.

— Je m'appelle Éléonore Majesté, elle répond en fessant la référence.

— Je m'appelle Benjamin et voici mes parents Hubert et Rosaline, le roi et la reine, le prince Benjamin se présente au même moment, en présentant ses propres parents.

Mais le roi n'a pas perdu son temps alors que Marin ne sait toujours pas se réveiller, il explique à son fils unique qu'ils doivent partir.

— Où allons-nous ? demande le jeune prince.

— En montagne, un problème a réglé.

Sans aucun doute, ils quittent la salle du trône et trouvent les soldats dans la cour du palais.

La reine qui les avait suivis avec Éléonore et elle dit :

— Prendre soin de toi !

— Ne t'inquiète pas, je vais faire attention.

Le roi et la reine s'embrassent longuement. Il monte à cheval, pendant que le prince Benjamin fit un baiser sur la main d'Éléonore.

Il grimpa sur son cheval et lui et les soldats quittent le domaine pour rejoindre les montagnes en suivent le roi Hubert.

Chapitre 6
La confidence

Une fois avoir quitté le château, la souveraine regagna son palais et vit Éléonore regarder le prince partir.

Elle s'approcha de nouveau et elle lui dit :

— Tu viens, mon valet doit être réveillé depuis longtemps, il doit être dans la salle du trône, dit la reine avec un sourire sur ses lèvres.

— J'arrive Votre Majesté, répondit la fille qui fait aussi un sourire.

Éléonore retourna au château et suivit la reine Rosaline et, ensemble, ils se prirent dans leurs bras.

La reine sans voix réalisa que son fils et la fille éprouvaient un sentiment d'amour l'un pour l'autre sans se dire et se dit qu'elle serait heureuse d'avoir une belle-fille comme elle.

Mais quand ils revinrent au château, la reine et Éléonore allèrent longtemps dans la salle du trône lorsqu'un domestique arriva, un balai à la main, et dit :

— Votre serviteur attend votre majesté dans la salle du trône, explique l'homme dans une joie intense.

— Bien merci, nous allons le rejoindre, merci de me l'avoir dit, répondit la reine.

La jeune fille avec sa belle robe blanche a écouté la conversation et a suivi la reine.

Arrivé dans la grande salle du trône, il trouva le valet du royaume et Éléonore s'approcha de lui et elle dit :

— Je m'appelle Éléonore, je suis ravie de vous connaître, très cher valet du royaume.

— Enchanté, je suis Marin. Savez-vous que je vous ai trouvé dans les jardins du palais ? répondit Marin, le serviteur du palais.

— C'est toi qui m'as ramené, merci beaucoup et sincèrement, répondit la fille.

Marin, le servant a ensuite demandé pourquoi la fille est ici et Éléonore a expliqué toute son histoire.

— Votre beau-père et un fou, vous serez en sécurité ici, explique la reine Rosaline.

— Merci beaucoup.

La souveraine s'approcha de son trône d'or très rapidement et elle s'assit doucement et demanda à son valet :

— Pouvez-vous m'apporter les papiers du roi, s'il vous plaît ? fait-elle la demande.

Le servant du palais quitta la grande salle du trône sous les yeux de la reine et d'Éléonore.

La jeune fille pensait toujours au prince Benjamin qu'elle aimait secrètement et pensait que le moment était bien choisi pour lui témoigner son amour pour le prince à la reine du royaume.

— Majesté, puis-je vous parler très sérieusement ? J'ai quelque chose de très délicat à vous annoncer.

La reine leva la tête et lui demanda :

— Je t'écoute, qu'arrive-t-il mon enfant ? demanda la monarque du château.

Éléonore lui a dit qu'elle était amoureuse du prince Benjamin, mais ne savait pas comment lui dire.

La souveraine avec un sourire se leva de son trône et s'approcha de la fille et répondit :

— Benjamin est aussi à la recherche d'amour, essayant de lui montrer votre amour. Dis-lui, explique la reine.

Mais la reine ne lui dit pas que son fils l'aimait aussi, alors elle s'assit rapidement sur son trône en or et réfléchit.

La jeune fille quitta la salle du trône pour y penser et toujours à Benjamin.

Au même moment, Marin, le servant du palais revient avec les documents demandés par la reine.

Il regarda la fille partir tranquillement et s'apercevoir qu'elle ne se sentait pas très bien.

Puis le valet du palais s'est approché de la souveraine et lui a remis les documents demandés.

— Qu'est-ce qui se passe ? il demande.

— Je ne peux te l'expliquer, mon cher Marin. En fait, Éléonore est amoureuse de Benjamin, répond la souveraine et prend les documents de la main du serviteur.

Pendant ce temps, la jeune fille revint à la chambre du prince Benjamin et décida de retirer la magnifique robe blanche qui lui avait été offerte, en précisant qu'il serait porté pour des occasions spéciales.

Elle retourna dans la chambre du prince et chercha des vêtements dans les armoiries.

Le prince lui avait laissé de nouveaux vêtements.

Puis elle attrapa les vêtements bleus et se plaça derrière un paravent et chanta pendant que les oiseaux blancs rentraient par la fenêtre.

Les oiseaux décident de l'aider à se changer.

Finalement, quelques minutes plus tard, elle sortit avec ces vêtements bleus classiques.

— Merci beaucoup ! elle a dit aux oiseaux blancs.

Très fatiguée, elle décida de se coucher paisiblement.

Puis elle s'approcha du lit du prince et s'allongea tendrement, continua sa chanson avec les oiseaux en paix et s'endormit en oubliant son terrible beau-père.

Au même moment, Marin, à côté de la reine, demande où se trouve son mari.

— Où est le roi Hubert Majesté ?

— Dans les montagnes, il y a eu une catastrophe.

— Mais il n'y a rien dans les montagnes, j'ai reçu des nouvelles ce matin et tout se passe bien là-bas.

La souveraine a compris qu'ils ont été trompés, mais par qui ?

Alors elle a envoyé Marin pour avertir le roi de la fausse annonce.

— Vis pour rejoindre mon mari dans les montagnes et l'empêcher, décrète la monarque.

Le serviteur obéit et entra dans les écuries. Une fois arrivé, il monta à cheval et galopa dans les montagnes sous les yeux de la reine qui regardait par la fenêtre.

— Qui a osé nous tromper ? Se questionne la reine.

Et elle réfléchit, pour trouver qui est le responsable de la tromperie.

Chapitre 7
Mistrane accède au palais

En quittant la propriété, pas très loin, dans les forêts, Sir Mistrane était présent.

Il attendait depuis longtemps.

Il était là depuis un moment avec son chien noir Thunder.

— Comment vais-je rentrer dans le château ? se dit-il méchamment.

Sir Mistrane réfléchit et trouva que la solution la plus simple était d'aller dans les jardins du palais, comme l'avait fait sa belle-fille.

Il a marché dans la forêt et a fait le grand virage et s'est approché du fameux grand mur.

Le beau-père méchant d'Éléonore a escaladé le mur et, au sommet, il a dit à son chien Thunder :

— Reste ici, regarde les horizons et aboie s'ils reviennent, dit discrètement Mistrane.

Il descend du mur et se retrouve dans les jardins du château avec le risque de rentrer au grand jour.

Mistrane marchait avec discrétion et réussissait à entrer dans le château.

Mais dans sa tête, il soupçonne qu'il sera facilement repéré.

Il décida de se déguiser pour ne pas éveiller les soupçons.

Dans les couloirs, il a croisé un domestique et Mistrane s'est cachée dans un placard à balais.

Alors que le domestique passait, Sir Mistrane le frappa à la tête et le piétinait, puis le traînait par les pieds et le traînait dans le placard.

Dans la pièce du château, Sir Mistrane vole ses vêtements tout en le gardant sur lui, puis part et laisse le domestique abandonné.

Si Mistrane continuait à chercher sa belle-fille, il décidait de fouiller pièce par pièce le palais.

Où est-elle ? s'énerve-t-il.

Il a immédiatement pensé au prince et est allé dans sa chambre.

Dans la salle du trône, la souveraine marchait dans toutes les directions et ressentait en elle un mauvais pressentiment.

— Je sens que quelque chose ne va pas ! elle se dit.

Elle pense à Éléonore et se rend ensuite dans la chambre de son fils, le prince, mais ne s'attend pas au danger qu'elle peut avoir.

Pendant ce temps, le roi Hubert accompagnait les soldats et son fils Benjamin dans les montagnes.

Quand soudainement au milieu de la route, le valet du royaume arriva et s'interposa.

— Marin ? Mais que fais-tu ici ? demande le souverain.

— Majesté, tu es dupe, il n'y a pas de catastrophe dans les montagnes, je suis formel.

— Pourquoi cette déception ? s'étonne le prince Benjamin.

Le roi comprit que quelque chose pouvait arriver dans le château et décrétait avec force :

— Retournons au château ! cria Sa Majesté.

Marin, le prince et le monarque suivirent les soldats du palais galopant à toute vitesse pour rejoindre le domaine.

Pour sa part, Sir Mistrane est arrivé dans la chambre du prince et a ouvert la porte sous les yeux des oiseaux, le méchant beau-père a vu sa belle-fille endormie sur le lit.

Les oiseaux ont passé du temps à deviner qui s'était.

Il comprit que c'était Mistrane, ils volèrent vite pour l'arrêter et l'attaquèrent.

Mais il poussa les oiseaux blancs par la fenêtre et ferma la fenêtre.

— Va voir le diable misérable, dit-il avec discrétion.

Mais un bruit se fit entendre, Mistrane se cacha derrière la porte avec une planche trouvée par terre.

C'est la reine qui est arrivée dans la chambre, elle a ouvert la porte et s'est approchée de la fille.

Mais Mistrane passa par-derrière et la frappa violemment à la tête et l'assomma.

Endormie, la reine réagit plus.

— Dormez bien ! Pauvre imbécile ! Sir Mistrane s'exprime discrètement.

Après l'avoir abattu, les oiseaux décident d'aller dans les montagnes pour avertir le roi et le prince et ils volent à une vitesse incroyable.

Après quelques secondes non loin du château, ils trouvent le monarque et les attirent pour les avertir du danger.

Le roi comprit que quelque chose se passait et galopa très, très vite.

Dans le château, Mistrane ferma doucement la porte de la pièce et s'approcha de sa belle-fille.

Il se tenait sur le lit et la regardait, riant cruellement de ses yeux diaboliques.

Il attrape rapidement sa bouteille de poison et la jette à l'oreille droite.

Quand soudainement après l'avoir empoisonné, Éléonore a terriblement souffert.

Sir Mistrane entendit Thunder aboyer, puis regarda par la fenêtre et le vit revenir au château. Il décida de s'enfuir du palais royal.

Le prince Benjamin dans la cour du palais dit :

— C'est trop calme.

Ils descendent de leurs chevaux et voient que les domestiques sont toujours au travail et que le roi suit les oiseaux et arrive dans la chambre du prince.

Le prince mit rapidement sa main sur le poignet et ouvrit la porte et trouva la fille et la reine par terre, que le roi s'approcha de sa femme pendant que Marin s'approchait de la jeune fille.

— Elle est vivante ! dit le roi.

— Elle aussi, mais pas pour longtemps, répondit Marin.

Le prince décida alors de bloquer tous les accès du château et décréta aux soldats :

— Fermez toutes les issues, et toutes les entrées du château immédiatement !

Les soldats obéissant à l'ordre du jeune prince.

— Je vais dans le couloir, je reviens.

— Bien, mon fils prend ton temps.

Mais alors qu'il traversait les couloirs, il vit un homme inconnu de lui, avec son air barbare, le prince Benjamin réalisa que le coupable était lui.

— C'est lui rattrapons le ! cria le prince.

Alors Mistrane l'avait entendu et avait couru rejoindre la tour du palais pendant que Thunder s'enfuit dans la nature printanière.

Ils les [illegible] de leurs chevaux et [illegible] dont [illegible] travail [illegible] et arrivé [illegible] du prince.

[illegible]

[illegible] la porte et [illegible] que le roi s'approche de [illegible] s'approchant de la [illegible]

— [illegible] et [illegible]

[illegible]

— [illegible] toutes les [illegible] chaque [illegible] !

[illegible]

[illegible]

Chapitre 8
Le combat du prince

Alors qu'il s'enfuyait dans les tours du palais, le prince Benjamin demanda au roi son père :

— Prends soin d'eux, je me charge de récupérer celui qui a fait cela, il va dans les tours !

— Va là, mais fais très attention. Hubert répond, le roi du palais en essayant de réveiller sa femme.

Ensuite, notre jeune prince parcourra les couloirs pour attraper Sir Mistrane.

Ils se dirigèrent vers les tours, lorsque soudain le soleil se cacha et que la pluie et la foudre firent leur apparition.

La tempête était présente sur le château.

Mais Mistrane arriva au sommet de la tour et se cacha derrière une statue de pierre blanche.

Quand notre jeune prince a fini de monter les escaliers, il a saisi son épée, est resté sur ses gardes et a fouillé les tours l'une après l'autre.

Tandis qu'il regardait attentivement le prince fouillé, Sir Mistrane le regarda discrètement et paniqué pour ne pas être découvert.

Il a ensuite retiré les vêtements du domestique et l'a jeté sur les remparts.

— Je serai retrouvé tôt ou tard, chuchota discrètement Mistrane cachée derrière la statue de pierre.

Le prince Benjamin a poursuivi ses recherches et s'est approché de la statue où se cache Sir Mistrane.

Notre jeune prince s'est approché très lentement avec son épée près de la statue, et Mistrane est rapidement sorti de sa cachette et a saisi l'épée d'une statue avec un regard ennuyeux.

— Je vais vous annihiler ! cria Sir Mistrane avec colère.

— Vous ne perdez rien à attendre ! cria le prince à son tour.

Ils se regardent, puis se jettent l'un sur l'autre et le combat commence sous l'orage dans les tours du palais.

Pendant ce temps, dans la chambre du prince, le roi Hubert réussit à réveiller sa femme.

Elle se leva et dit :

— Que m'est-il arrivé ? fait-elle la demande.

— Vous avez pris un sacré coup, répondit son mari.

Le souverain ressentit une mauvaise impression en lui.

Après avoir soigné sa femme Rosaline, il demanda rapidement à Marin :

— Aidez mon fils, il est actuellement dans les tours du palais, il aura besoin de vous, dit le roi Hubert.

— Oui Votre Majesté ! répondit Marin.

Il a demandé ce dont il adviendrait de la fille, mais la reine a expliqué qu'ils s'en chargeraient eux-mêmes.

Le valet du château courra ensuite rapidement vers les tours pour aider le prince Benjamin, tandis que les monarques emmèneront Éléonore dans le jardin où elle sera en paix et trouvera la solution au remède.

Dans les bras du roi Hubert, la reine Rosaline demanda à un domestique :

— Appeler le docteur de la cour maintenant, c'est urgent !

Au même moment, le roi ordonna aux soldats de ne pas bouger et bloquait les entrées du palais pour empêcher Mistrane de s'échapper.

Dans les tours du palais, le combat se poursuivait entre les deux hommes, leurs forces étaient équitables.

Mais le prince, avec son épée, réussit à pousser Sir Mistrane contre un mur et le mauvais beau-père se sentit très contrarié, et même fâché.

Il se leva brusquement et attaqua à nouveau le prince Benjamin.

La bataille a duré très longtemps, sous une pluie orageuse, lorsque Sir Mistrane a soudainement poussé notre jeune prince vers les créneaux.

Pris au piège, il perd rapidement son épée et panique, il se jette alors rapidement sur le mauvais beau-père.

— Vous ne gagnerez pas ! dit le prince en essayant de saisir l'épée de Sir Mistrane.

— Misérable, je me vengerais bien, oui, oui, je vais t'écraser ! cria Mistrane en essayant de faire basculer le prince en haut de la tour.

Il poussa le jeune prince Benjamin et tenta de le pousser avec son épée en le faisant tomber dans le vide.

Quand tout à coup Sir Mistrane a senti le mal en lui, il a reçu une flèche dans le dos et un éclair a frappé son épée et est tombé du haut de la tour dans le vide, et Sir Mistrane perd la vie d'une manière très, très violente.

Le prince Benjamin a assisté à sa chute et a examiné qui l'avait sauvé.

Il a vu Marin et s'est rendu compte qu'il était le seul responsable.

C'est alors sous ce soleil qui approche que le valet du royaume s'approche du prince et lui dit :

— Tout va bien ?

— Je vais très bien et je vous remercie sincèrement Marin, pour m'avoir sauvé de lui, mais qui était-il ? Répondu en se questionnent le prince.

Marin chercha mais rien ne lui vient à l'esprit et sans dire un mot, ils rentrent à l'intérieur du château pour trouver les monarques du royaume, oubliant Mistrane pour toujours.

Chapitre 9
Une fin heureuse

Quelques minutes plus tard, notre jeune prince est arrivé dans sa chambre.

Mais il ne voit personne avant qu'il ait croisé un soldat et il a demandé :

— Où est mon père ?

— Dans les jardins du palais Majesté.

— Merci, vous pouvez lever la mission !

Et puis avec Marin, il s'est rendu dans les jardins du château et les a trouvés.

C'est sous ce beau soleil, revenu depuis longtemps, que le prince voit Éléonore dans un lit très affaibli.

Il s'approcha d'elle et vit le médecin du palais s'en occuper.

— Alors comment va-t-elle ? demande le prince Benjamin, très inquiet pour la jeune fille qui aime tant et profondément.

— Toujours aucun effet, j'essaye tout, Majesté.

Les parents du prince arrivèrent à leur tour avec le médicament demandé et le prince vit sa mère, la reine qui avait repris conscience.

— Tu vas bien maman ? Il demande.

— Je suis très bien secoué, mais ça va, répond la souveraine.

Mais le roi demanda à son fils qui était l'homme qui le lui avait pris.

— Qui était-il ?

— Je ne sais pas, mais il a eu une telle haine, mais je te rassure, il est mort pour de bons.

Marin s'approcha d'eux et soudainement, une vision lui ramène ses souvenirs, il pensa au mauvais beau-père de la fille et dit :

— C'est censé être son beau-père, elle m'a dit qu'elle voulait échapper à sa tyrannie.

— Mais oui, c'était probablement lui, ajoute Rosaline, la reine du royaume.

Sous les yeux des oiseaux blancs, le prince demande à la laisser seule avec elle et tout le monde quitte les jardins pour rejoindre la grande salle du trône.

Le prince Benjamin était resté seul avec celui qui l'aimait depuis quelques heures.

Quand soudain des étoiles flottent autour d'eux et que le prince relève la tête et voit une fée avec sa baguette bleue et demande :

— Qui es-tu ?

— Je suis la fée du bien je viens vous aider à sauver Éléonore.

Vraiment, que dois-je faire ? demanda le prince.

— Si tu l'aimes comme je le sais, le baiser du véritable amour peut la sauver, explique la fée du bien.

Le prince regarda la fille en larmes et embrassa Éléonore.

Quelques secondes plus tard, la fille remua les yeux et se réveilla.

— Tu vas bien !

— Oui, bien mieux.

— Écoutez, j'ai quelque chose à vous annoncer, dit le prince.

— Je vous écoute.

Le prince lui montra ses propres sentiments pour la fille et Éléonore accepta d'être son compagnon et lui témoigna également son amour pour lui.

— J'ai fini ma mission, je peux partir, dit la fée du bien.

Et elle disparaît avec l'étoile autour d'elle.

Le couple regarde le ciel et dit en même temps :

— Merci, ma fée ! disent-ils de bonheur.

Éléonore se lève de son lit et avec Benjamin, ils décident d'aller ensemble à la salle du trône, et ils marchent doucement.

Alors que dans la salle du trône, tout le monde était inquiet pour l'avenir de la jeune fille.

Le roi et la reine décidèrent donc de préparer une cérémonie d'hommage.

À ce moment, Marin se mit à parler, mais il fut coupé par un son d'instrument.

Ils entendent sonner la trompette, les portes de la grande salle s'ouvrirent et le prince accompagné de la jeune fille qui avait était habillé dans sa magnifique robe blanche arrivent ensemble et la reine dit :

— Elle est sauvée !

Tout le monde dans la pièce a explosé de joie et Éléonore et son compagnon annoncent :

— Nous sommes bientôt fiancés, expliquent-ils.

Leroi et la reine saute de joies et Éléonore s'approcha, et a embrassé ses beaux-parents et a rapidement rejoint le prince Benjamin et ils se placent au milieu de la salle du trône et ont commencé à danser sous les oiseaux blancs.

Ils survolèrent quand Marin dit :

— Touts finit heureux.

— Oui, j'aime bien que ça finisse ainsi.

Ils regardent le prince et Éléonore danser et le couple princier s'embrasser et ils vivent heureux pour toujours.

Inspiration

La mythologie, l'histoire, les auteurs et la vie quotidienne mon beaucoup inspiré à l'écriture.

Remerciement

Je remercie très chaleureusement, mon entourage, pour m'avoir aidé et soutenu à créer, corriger et réaliser ce livre…

Et bien entendu beaucoup d'auteurs notamment Charles Pearrault et les Frères Grimm qui m'ont inspiré.

Imprimé en Allemagne
Achevé d'imprimer en avril 2020
Dépôt légal : avril 2020

Pour

Le Lys Bleu Éditions
83, Avenue d'Italie
75013 Paris

www.ingramcontent.com/pod-product-compliance
Lightning Source LLC
LaVergne TN
LVHW050345160826
845677LV00014B/3808